Tt

tap

ten

tick

tent

tusk

twig

tiger

tractor

Tt

tap

ten

tick

tent

tusk

twig

tiger

tractor

The picture on page 10 is of a **tomato**.

Ransom Alpha Stars

Aa	Rr	sh
Bb	Ss	th
Cc	**Tt**	ng
Dd	Uu	ai
Ee	Vv	ee
Ff	Ww	oa
Gg	Xx	igh
Hh	Yy	oo
Ii	Zz	ar
Jj		or
Kk	ck	ur
Ll	ff	ow
Mm	ll	oi
Nn	ss	ear
Oo	zz	air
Pp		ure
Qu/qu	ch	er

ISBN: 978-178591-168-2
www.ransom.co.uk

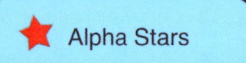
Alpha Stars